KB175641

사람
냄새

그
리
워

한그루
시선

사람
냄새
그리워

김순선
시집

한그루

앞을 향해
숨차게 달려오던
일상에서
잠시
쉬어가게 되었습니다

병실에서 만난
사람들을 통하여
걸어온 길을 되돌아보고
다시 걸어갈 길을
생각합니다

함께
옷깃을 여미는
시간이 되었으면 합니다

차
례

제1부

거울을 보는
여자

거울을 보는 여자

짧은 머리에 검은 피부
눈이 쑥 들어간 날카로운 인상의
60대 여자
주렁주렁 링거 줄 달고도
거울을 보는 여자

남편 앞에만 서면
세상에서 가장 슬프고
가장 아프고
가장 외로운 소녀 같은 음성으로
어젯밤에 일어났던 시시콜콜한 일들을
쫑알쫑알 일러바친다
엄마 앞에서 응석 부리듯
가여운 얼굴로
엄살 같은 신음한다

오야, 오야
남편 한마디에
한없이 작아지는 여자

순하디 순한 아기같이

무릎 덮개 덮어주고

남편이 밀어주는 휠체어를 타면

세상을 다 얻은 듯

거울에서 나와

든든한 한 그루 나무 같은

남편의 품에 기대어

포근한 아침을 여는 여자

방콕 하는 여자

하루 내내 침대에서
내려오지 않는 여자
저염식 밥상을 받아 앉아
제사를 지내는지
한술 먹고 핸드폰 보고
한술 먹고 창밖 보고

긴 머리에 단정하게 머리띠를 하고
야리야리한 몸매에
동정심을 불러일으키는
소녀 같은 여자

가끔 방문하는 남자
훤칠한 키에 덩치가 있는
남편 같은 아들
엄마 발밑에 조용히
앉았다 간다

지인에게
상담을 하는 듯
나긋나긋 이야기하다
수심에 싸인 얼굴로
고개를 끄덕인다

수없이 맴도는 생각들이
뭉게구름처럼 흘러가는 시간
사춘기 소녀 같은
50대 여인의 고민이
지근지근 머리를 어지럽히는
생각의 똬리를 튼
방콕 하는 여자

병실에서 출근하는 여자

낮에는 큰딸이 엄마 곁을 지킨다
무슨 할 말이 그리도 많은지
소꿉놀이하듯 소곤소곤
조용한 웃음소리가 끊이지 않는다

엄마 생전에 나도
저런 시간이 있었던가?

저녁에는 막내딸이
바늘에 실 가듯 달려온다

조용히 다리를 주물러 드리고
맛있는 간식을 나누어 먹으며
생글생글
직장생활로 피곤할 만도 한데
하루도 빠짐없이
병실에서 출근하는 여자

따스한 햇귀 같은 효녀 꽃이

날마다 아름답게 피어나는

병실

소주를 좋아하는 여자

아침부터 금식

물도 못 마시고

뱃가죽이 등에 붙었다고

투덜거리는 여자

식탁 위에 턱을 괴고 앉아

노트북을 켜놓는 여자

엄지발톱에 고여 있는 파란 매니큐어가

식탁 밑에서 종일 출렁거린다

혈당검사 하겠어요.

무엇을 먹었어요?

간호사의 날카로운 질문에

고구마 줄기처럼 줄줄 따라 나오는 고백

죽 한 그릇, 구운 달걀 두 개, 꿀떡 다섯 개

밥차가 와서 이름을 부르면

주렁주렁 링거 줄 매달고 어떻게 나가느냐고

화를 내는 여자

화장실에 화장지 없다고 간호실 앞에서

큰소리치는 여자
주저함 없이 고객의 소리에
투서하는 여자

편의점에 갔다 오면
투 플러스 원뿐이라며 투덜거리면서도
후하게 음식을 나누어주는 여자
누가 묻지 않아도
고해성사하듯
내가 얼마나 소주를 좋아하는지
고백하는 여자
간호사 몰래 소주 마시다
병원에서 쫓겨난 경력이 있는 여자

퇴근하고 돌아오면
냉장고 문을 열고
소주부터 마시는 여자
그때가 가장 행복하다는 여자

젊었을 때는 술에 취하면
정신은 멀쩡한데
몸이 비틀거렸는데
지금은 걸음걸이는 멀쩡한데
정신이 흔들린다는 여자

병실 창가를 바라보며
소주 같은 가을하늘을
홀짝홀짝
혼자서 들어 마시는 여자

허공에 쓰는 편지

시설에서 왔다는 병실에서 만난
여인
날마다 허공에
편지를 쓴다

해독할 수 없는 문장을
꼭꼭 새기느라
손톱으로 얼굴에 생채기를 내어
야속한 간병인
엄지장갑을 끼워버렸다

붙일 수 없는
가슴 깊이 숨겨둔
못다 한 말
뭉뚝한 손으로
헛손질한다

할머니, 이름이 뭐예요
명 순 이

아니, 할머니 이름
명 순 이

그녀의 뇌리에 각인된 이름
자기 이름보다도 더 소중한
이름

명순이를 향한
못다 한 말
허공에 꾹꾹 눌러쓴다

비밀하우스 여인

중환자실에서 올라왔다
종일 커튼을 치고 생활한다

딸 아들 번갈아가며
왕래하지만
커튼을 한 번도 개방하지 않았다

칼륨 수치가 높아 쓰러졌다
119로 응급실 거쳐
중환자실에서 다시
병실로 올라왔다

산소 호흡기를 떼고 정신이 들었는데도
며칠이 지났는지
기억이 가물가물

작은 키에 부리부리한 눈매
개성이 강한 여자다
머리 스타일만 봐도 그 나이에

아무나 할 수 없는
올백으로 올려 정수리에 묶었다

얼굴 면적이 크면 머리로 커버하느라
내리고 가리는 게 고작인데
과감하게
얼굴을 드러냈다

잠깐 화장실이나 검사를 받으러
커튼을 나오는 모습을 보면
카리스마가 느껴진다
함부로 다가갈 수 없는
도도함에
쉽게 입을 열지 못한다

이상한 여행

캐리어 끌고 두 여인이 들어왔다

간병인과 환자

요즘 간병인들은 먼 곳을 여행하듯

캐리어 끌고 다니는 것이 대세다

일주일 한 달 간병 날짜에 따라 캐리어의 부피가 다르다

간호사가 뒤따라 들어왔다

커튼 사이에서 소곤소곤 면담이 이어진다

마지막 생리일이 언제죠

수술한 적 있나요

유럽 여행을 다녀온 다음이니까

작년 재작년인가

오늘은 무슨 여행을 왔을까

외국 여행도 추억 여행도 아닌

캐리어의 부피는 얄팍하다

환자와 보호자의 호칭도 미스터리다

보호자가 환자에게 아줌마라고 한다

보호자도 미스터리다

환자를 입원시켜놓고 짐도 풀기 전에

미장원에 갔다 오겠단다

병원 밥은 맛이 없으니까
맛있는 거 사 올게요
먹고 싶은 거 있으면 주문하세요
고작 맛있다는 게
김밥 떡볶이 떡이었다

다음 날 아침
수술실 이송 침대가 도착했다
아직 보호자가 도착하지 않은
가장 슬프고 외롭고
긴 여행
외로운 섬 하나 점점
멀어져 간다

부메랑

화장실에서 나오는데
철썩!
야무지게 뒤통수를 후려친다
때린 아내와
얼떨결에 눈이 마주쳤다
휠체어에 앉아
상모 같은 콧줄과 링거를 달고
어안이 벙벙한 놀란 남편
우린 서로 무안해
고개를 숙였다

지난날
엄마들의 수다에서
농담으로 들었던 말이 스쳐지나간다
'당신 나이 들면 두고 봐'

말이 씨가 되어
먼 시간을 돌고
돌아온
부메랑

에밀레종 소리

아침을 깨우는 수탉같이
모두 잠든 고요한 밤에
각시야~
각시야~
단잠을 깨운다

날마다 한밤중이 되면
애타게 각시를 부른다
남자 병실에서 들려오는
에밀레종 소리

각시는 어디를 갔기에
저토록 애타게 부를까
그리움 같은
참회의 목소리로

각시야~
각시야~
간절한 기도 소리 같은
남자의 절규

노모의 설렘

엄마,
딸이 좋아 아들이 좋아
아들!
내가 삐진다
흐 응

교통사고로 머리를 다친 멋쟁이 할머니
예쁜 모자에 분홍 마스크
환자복 위에 따뜻한 조끼를 입고
무릎 덮개를 하고 휠체어에 앉아 재활 가는 모습이
점잖으면서도 어딘가 모르게 귀태 있다

주말에 서울에서 비행기 타고 내려온
큰딸
엄마가 좋아하는 음식을
바리바리 가지고 왔다
그래도 엄마는 시큰둥

부산에서 아들이 오는 날은
종일 설렌다
시들시들 시들어 가던 들꽃이
아들 소리만 들어도
활짝 피어난다

아들은 일주일 내내 숙소에서
시장 보고
레시피 보고
평소에 어머니가 좋아하던 음식을
손수 만들어 온다
어렸을 때 엄마에게 받아먹었던 아들이
엄마에게 한술 한술 떠먹인다
보리밥에 청국장
호박잎에 열무김치 소고기 버섯조림
삶은 감자 옥수수 아이스크림 통조림
엄마가 좋아하는 음식으로
공동 냉장고를 가득 채운다

하루 같은 일주일이 후딱 지나면
아들 바라기 어머니는 시들해진다
영상통화로 안부를 전해와도
재활치료 안 간다고 떼쓴다

어머니, 오늘 재활치료 안 가면
다음 주에 아드님이 안 오신대요
당근 같은 간병인 말 한마디에
고분고분해진다

아들 올 날만 손꼽아 기다리는
아들 바보 80대 노모
열여덟 소녀 같은
설렘으로
오늘도 아들을
기다린다

트로트를 부르고 싶은 날

이 병실은 단기 입원 환자들이 대부분이다
간단한 용종을 떼어내거나
시술을 받아서 이삼 일 있다
퇴원하는 환자들
그중 제일 나이가 많은 할아버지
진료 과목이 다섯 곳이란다
아픈 곳이 하도 많아서
이를테면 종합병원이다

온종일
아이고 아이고
끙끙
에~ 에~ 에~
눈물 없는 어린아이 울음같이
칭얼칭얼
병실 사람들 신경을 건드린다
밤새 지치지도 않는지
목청도 크다

책임 간호사

민원이 많다며 은근히

일인실로 옮겨가길 권한다

너무합니다

너무합니다

제2부

잠 못 이루는
사람들

영자 씨

친구 같은 엄마와 딸
영자 씨 오늘은 맑음? 흐림?
아이구 방구 냄새 나는데
어디 봐요
얼레리 꼴레리
우리 엄마 응가했네요

아침 일찍 믹서기 돌아가는 소리가 들리고
암죽을 만들고
간호사가 방문하기 전 비닐 팩에 담아
높이 매달아 둔다

93세의 노모를 딸이 간호 중이다
남동생이 둘이나 있어도
장사하느라 바쁘단다
동생들 돈 많이 벌라 하고
간병을 자청했다

잠시도 쉬지 않고 흥얼흥얼 노래 부른다
반응 없는 엄마와의 대화법이다
씻기고 먹이고 기저귀 갈아주면서
엄마에게 받았던 사랑을
딸이 엄마에게 드리는 중이다

얼마 남지 않은 시간 여행
후회 없는 이별을 위한
추억 쌓기
탯줄 같은 *끈끈한* 정을
이어가고 있다

언제까지 함께할 수 있을지

아버지와 딸

아침을 알리는 요란한 벨소리
네네
알겠습니다
아가씨

언니야,
그럴 수도 있지
뭘 그래

네네
담배 한 갑 사서 면회 온다면
감동받아서
끊을지도 모르지
하하하

면회가 금지된 병원
80세 노인과 딸의 대화
하루 세 번
안부 전화와

잔소리와

다짐이

반복된다

전국을 돌아다니다

중동까지

건설현장을 누비던

노장의 근육맨

다듬어지지 않은 거칠고

화통 같은 목소리가

화난 사람 같아

병실 사람들이 깜짝깜짝 놀란다

알고 보면

애교맨인데

조강지처

일찍 아버지를 여의고 홀어머니 밑에서
스무 살까지 새끼 해녀로 바다에서 숨비질하다
시집가서 밭일이 몸에 밴 어머니
열이면 아홉은 모두 지긋지긋하다는 밭일을
어머니는 그냥 좋단다
밀감을 따든
검질을 매든
시간 가는 줄 모르고 오히려
몸과 마음이 편안해
눈만 뜨면 밭으로 나가는데
지금은 남편 간호하느라
병원 생활이 지옥이지요

하도 애를 먹여서 남편이 밉다가도
때론 불쌍해서
지극정성으로 간호를 한다
그러다가도 투정 부리는 남편이 어머니는 이해가 안 된다
어머니는 젊었을 때도
남편과 싸우거나 속상해서

눈물을 뚝뚝 흘리면서도 밥을 먹었고
자궁 들어내고 병원에 입원했을 때도
병원 밥이 모자라 조금만 더 줬으면 했는데
이놈의 남편은 먹지를 않아
속을 긁는다

남편이 재활 나가면
잠깐 침대에서 쉴 만도 한데
침대를 깨끗이 정리해 놓고
어머니는 침대 밑에서 남편을 기다리며
새우잠 잔다

그 맛있는 밥심 동여매고
남편이 먹다 남은 밥으로
끼니를 해결한다

잠 못 이루는 사람들

배선실 정수기 물을
고깔 종이에 따라 들고
창가로 다가서면
제일 먼저 소라탕 굴뚝이 보인다
연기 없는 굴뚝이
등대처럼 외롭다

고개를 숙이면
나례식당이 그늘에 가려
밤새
몸살을 앓고

병실 복도를 서성이는 사람들도
딱히 갈 만한 곳이 없어
화장실을 들락거리거나
흡연실을 기웃거리거나
편의점을 들락거린다

링거대 끌고

휠체어 타고

이리저리 배회하는 사람들

건너편 돼지고기집 무한리필 간판도

불만 환하다

한 모금만

하필,

간병인이 없는 날

대형 사고를 쳤다

일주일 만에 변을 한꺼번에 쏟아냈다

악을 쓰고 몸부림치며

인생의 오점을 다 배설해 냈다

병실 사람들 말없이

하나둘

방을 빠져나간다

장대 같은 키에

한쪽 발을 공중에 매달아

옴짝달싹 못 한 지가

일주일

술이 웬수였다

술에 취해 일어나다가 털썩 주저앉은 게 그만

한쪽 다리가 부러졌다

그때 금방 병원으로 달려왔으면 좀 더 쉬었을 텐데

이삼 일 지나서 병원에 왔다

허벅지 붓기가 빠져야 수술을 한다는데 수술도 못 하고
침대에 갇혀있다

가족도 없는 수급자
무료간병인은 월요일부터 금요일까지
낮에만 출근해서 도와준다
토요일과 일요일도 쉰다

모두 잠든 조용한 밤
딱, 한 모금만
한 모금만 피우면
살 것 같았다
아무도 몰래 도둑고양이같이
한 모금을 빨아들여 오래 입에 물고 있다
꿀꺽 삼켰다

그때
간호사가 들어왔다
병실에서 담배를 피우면 쫓겨납니다

폐가 흐물흐물하다는
담당과장님의 설명을 듣고도
아,
딱 한 모금이
뭐라고

대단한 갱년기 엄마와 사춘기 아들

추운 겨울날

손 선풍기를 틀어놓고

스스로 묻고 스스로 답하며

짐 정리한다

남편이 이민 가냐고 핀잔주어도

코로나 때문에 한번 입원하면

퇴원할 때까지 병원 밖으로 나갈 수 없다 보니

착한 사춘기 아들을 위한 먹거리와 엄마를 위한 물건들이

바리바리

짐 정리도 포기하고

쓰레기통을 옆에 끼고 쉴 틈 없이 먹어 치운다

착한 사춘기 아들과 갱년기 엄마의 먹방 시합을 하듯

사춘기 아들은 발바닥과 손에 사마귀가 나서

방학을 이용해 수술했다

갱년기 엄마는 네 살 때부터 피아노를 치고

상이란 상은 다 휩쓸었는데

학년이 올라갈수록 손가락 길이가 짧아

계속 피아노를 치려면 손가락을 찢어야 한다는 말에

그만두고

볼링을 시작했는데 실력이 뛰어나

선수 생활을 하며 대학을 졸업했고 결혼도 안 하고

오로지 프로 입단 기회만 노리고 있었는데

어쩌다 연하의 남편 꼬임에 넘어가 큰아들을 갖는 바람에

기회를 놓쳤노라

지금은 미술치료 공부하느라 미국을 들락거렸는데

이놈의 코로나 때문에 발이 묶여

박사학위도 못 받고

상담도 못 하고

제주에 내려와 밀감 장사한대요

담당과장님이 친절하고

설명을 잘해 주는 것도

엄마의 입담에 눌려서

그런 것 같다는 사춘기 아들의 생각

아들은 착한 사춘기를 넘기는 중이라

특별대우를 해주고 있대요

오늘 날씨는 강풍과 대설주의보인데
손 선풍기를 얼굴에서 뗄 줄 모른다
쉴 새 없이 먹고 또 먹고
이야기하고 또 이야기하고
대단한 갱년기 엄마와
사춘기 아들

요란한 아침

7인 여자 병실
조용한 새벽
어머니~
맨 안쪽 여자 간병인이 화들짝 놀라
고함을 쳤다

침대와 침대 사이
커튼을 사이에 두고
양쪽 간병인이 잠을 잔다
여자 간병인은 피곤해서 일찍 잠이 들었다

그 옆 침대
부인을 간병하러 온 남편
평소 코 고는 습관이 대단해서
자기가 먼저 잠을 자면
다른 사람들이 잠을 자지 못해
방해가 될까 봐
밖에서 시간을 보내다
다들 잠든 뒤에

살짝 들어와서 누웠다

아무것도 모르는 여자 간병인은
뒤척이다 옆으로 돌아 누웠는데
어매
시커먼 사람이 옆에서 자고 있어서
혼비백산하여 달아났다

아이고, 오라버니
간 떨어질 뻔했수게
핑계에 확 안아버릴 거 아니꽈
놀리고 웃는
쑥스럽고 요란한 아침

우울한 하루

제이야, 제이야

행님 왔다

지금도 자냐

아침마다 찾아와 조용한 병실을 깨우던

옆방 형님이

어느 날 옆 침대로 이사 왔다

장기 입원 환자들은 한 병원에 오래 입원을 할 수 없어서

시내 병원을 순회하며 투병 생활을 한다

그때 만났던 사람들이 또 이 병원에서

만나게 되었다

형제지간처럼

서로 무척 반가워

몰려다니며 지루한 병실 생활을

즐긴다

족발 사다 나누어 먹으며

시끌벅적

이를 못마땅하게 여기는

한 남자

간병인 없이 혼자 재활하는

비가 오는 날이나 공휴일에도

한발 한발

구슬땀을 흘리는데

그가 운동하는 모습을 뒤에서 보고

한 수 가르쳤는데

비위가 상했다

그렇지 않아도 장기 입원 환자 세 사람이

소풍 온 것 같이 몰려다녀

불쾌함을 참아오던

남자

야! 너 어디서 왔어

어디서 까불어

너, 내가 누군지 알아

절룩거리며 침대 가까이 다가와서

침대 모서리를

쾅! 쾅! 두드렸다

갑자기 얼음을 끼얹은 듯

숨도 크게 못 쉬고 서로 고개를 돌려

커튼을 쳤다

얼마 후
병동에 비상이 걸렸다
몸무게를 재러 나갔던 그 형이
그만 쓰러졌다
결국 중환자실로 실려 갔다
하루종일 숨도 크게 못 쉬던
우울한 하루였다

환자와 간병인 1

아이고, 아이고
엄살쟁이 할머니와 젊은 중국인 간병인
서투른 한국어에 금방
외국인 티가 난다

어머니, 쉬하고 싶으세요
커튼을 치고 소변기를 갖다 드린다
아이고, 아이고
오줌보가 터질 것 같은데 나오지 않아
이따 마려우면 또 불러요
화도 내지 않고 할머니 비위를 잘 맞춘다

할머니가 잠이 들거나 쉴 때 간병인은
침대 옆에서 요가를 하거나
핸드폰을 귀에 대고 중얼중얼
아들하고 통화를 한다
친정 엄마가 아들을 보살펴 주고
간병인은 자격증 따고 비자 받고
돈 벌려고 한국에 왔다

할머니는 심심하면 딸 자랑한다

우리 큰딸은 키도 크고 예쁘고 피아노과를 나와서

서울에서 사는데

이번에도 큰딸이 나를 살렸지

병원에 입원시켜주고

요렇게 착한 딸 같은 간병인을 보내주고

아이고 아파, 아이고 아파

어머니 아프세요

빨리 간호사 불러줘

진통제 달라고 해요

시도 때도 없이 간호사가 들락거린다

주사 처방 받아오면

약으로 바꿔 달라 하고

약으로 처방받으면

주사로 맞겠다고

변덕이 죽 끓듯 한다

이렇게 좋은 세상에

지금 죽는 것은 억울해

오늘 영양사 교육을 받고 보니

바보같이

먹지 말라는 음식만

거지같이 먹었어

아이고 바보같이

환자와 간병인 2

아웅다웅
80대 해녀 할머니와 70대 조선족 간병인
티격태격 미운 정이 깊어지는 시간이다

저, 주맹기에 만 원짜리 한 장 꺼내영
복숭아 간스미(통조림) 하나 사다주심

간병인에게 한 조각 건네주고
국물까지 후루룩 다 마신 할머니
아이고, 살아지켜
먹고 싶은 게 있으면 말씀하래요
밥을 먹을 수 있을 때까지 뭐든지 먹어야 해요
두유 같은 것도 부드럽고 좋아요
그 후부터
홀짝홀짝 자주 우유 마시는 소리가 들린다

종일 앉아서 링거만 쳐다보는
할머니
누워서 쳐다보고 앉아서 쳐다보고

링거 주머니가 어느 만큼 줄었나
보고 또 본다

깜박 자고 일어나면
큼지막한 비닐 주머니가 어느새 또 걸려 있다
화가 난 할머니
도둑놈처럼 몰래 잠잘 때만 왕 도라매영
도망 감신게
돈만 벌어먹잰
하나도 쓸데없는 주사
이제 그만 맞으커라
그래도 주사를 맞아야 빨리 집에 갈 수도 있고
밥도 먹을 수 있더래요
소화제나 주고
밥이나 먹게 해주지

지루한 저녁
주사액 떨어지는 것만 쳐다보던 할머니
간병인을 부른다

약이 잘 안 떨어졈쪄

잘 떨어지고 있어예

어느 거라 안 떨어졈신게

천천히 맞아야지 너무 빨리 맞으면 손등이 부어 아파예

고요한 밤

모두 잠든 코 고는 소리만 시계추같이

들리는 시간

할머니는 슬그머니 링거 줄을 잡아당겨

조정 스위치를 올렸다 내렸다 하며 주사액을

수도꼭지 틀 듯 콸콸 틀어버렸다

아이고, 아이고 할머니 신음 소리에

조용하던 병실이 갑자기 시끌벅적

이젠 손등 아판 다시 주사 못 맞으커라

할머니의 잔꾀에 결국 주삿바늘을 빼었다

아이고 시원허다

할머니 얼굴에 저절로 웃음이 번졌다

그렇게 웃으니까 예쁘네요

간병인도 따라 웃었다

하룻밤에 무슨 화장실을 대여섯 번이나 가느냐고
타박을 받던 할머니
오늘은 슬그머니 침대에서 내려와 혼자
화장실을 간다
곤히 자는 간병인을 깨우지 않아도
링거 줄이 없으니까 가뿐하다

간병인에게 부탁하여 딸에게 전화를 걸었다
야, 집에 강 통장에 돈 찾아다 도라게
나 퇴원허켜
들엄시냐

할머니 자식들은 왜 한 번도 안 와예
큰똘은 일허느랜 바쁘고
족은똘은 직장 다니느랜 바쁘고
그래도 빨간 날은 올 수 있잖아예
간병인 말을 못 들은 척 딴청을 피운다

퇴원하는 날

누가 올 거라예

뻔허주 큰사위가 왕 택시 잡아주고

혼자 집에 가렌 헐태주

짐을 꾸리며 혼잣말을 한다

지, 돈 받아서

할머니는 간병인 수고비가 걱정되었다

오늘 아침 큰딸이 입금했다고 문자 왔어예

잘들 이십써

병실을 나가는 할머니의 굽은 등이

떨어지는 낙엽같이

애처롭다

환자와 간병인 3

절도 있는 생활이 몸에 밴
요양원에서 오신 할머니
구십 고개를 넘기고 더 작아진
왜소한 몸매에 어울리지 않는
걸걸한 목소리

선생님, 물
바나나
내려(침대)
판에 박은 짧은 단어만 반복한다

간병인이 옆에 없으면
조용하다
옆에서 부스럭거리는 소리가 들리거나
말소리가 들리면
고개를 들고 좌우를 살핀다

서울에서 경상도로 시집을 가서
어쩌다

제주까지 내려온 간병인
구구절절한 삶처럼 박학다식하면서
말 또한 청산유수다

젊어서는 내 방 갖기를 소망하는
두 딸을 위하여
한때는 사고 치는 남편 뒷수습하느라
어금니를 물었다

포근하게 기댈 수 있는 남자가
이상형이었는데
어쩌다 발발이 같은 남편을 만나
한 번도 어깨를 기대어 보지 못한 채

오늘도
눈앞에 삼삼거리는 주상복합 고층빌딩
따뜻한 거실만을 떠올리며
야속함도
자존심도 다 내려놓는다

자가 간병인

발목을 다쳤다
그 다친 발로 운전을 하고
산록도로를 달려서 여기까지 왔다

자그마한 키에 사각턱
보기만 해도
똑소리가 난다

아침이면 우아하게
커피를 끓이고
빵과 과일을 먹는다
쉬지 않고 핸드폰을 보고
어딘가에 전화를 하고

개방형이다
언제나 식탁 위에는
차와 과일이 놓여 있고
혼자서
천천히 즐긴다

낯선 풍경이다

제3부

빈집

빈집

어느 날부터
사람 사는 냄새가 사라져
빈집은
점점 허약해지고
적막강산
저체온증으로 사경을 헤매고 있었다
빈집이
폐허가 되는 것은 시간문제였다

얼마 만인가
집을 떠나 유배 생활을 한 지가
병원 생활을 뒤로하고
잠깐 귀가했다

음식 냄새가 나고
말소리가 들리고
발소리 잦아져
싸늘하게 쓰러져가던 빈집에
생기가 돌고
사람 사는 냄새가 난다

5층 안과

뒤뚱뒤뚱
슬로모션 돌아가듯
위태로운 걸음
몇 발자국 못 가 허리 숙이고
휴우~
다시 허리를 뒤로 젖히신다

지나가는 사람 붙잡고
오층 안과 어디 있느냐고 길을 물으신다
할머니, 저기 안과가 하나 있네요
안 돼 거긴 3층이야
나는 꼭 5층 안과를 가야 해
이 근방엔 안과가 저기밖에 없는데요

걱정이다
오늘 중으로 5층 안과를 찾을 수 있을지
보호자도 없이

고장 난 로봇

그는 점점 앵무새를 기르고 싶어 해요
오늘의 평화를 위하여
주인이 원하는 말만 해야 하는데
앵무새는 자꾸
헛소리만 해요

그는 점점
애완견을 기르고 싶어 해요
주인이 돌아오면 달려 나가
껑충껑충 꼬리를 흔드는

복사꽃이 화사하게 피어오르다가도
금세 살얼음판
아무리 조심조심 발을 옮겨도
삐거덕 삐거덕

자세히 바라보면
서로 닮은꼴이면서도
바라보는 곳이 달라

난처해요

야호!
목청껏 외쳐도
메아리는 사라지고
자꾸 성난 파도가 밀려와요

삐거덕 삐거덕
우린 고장 난 로봇

부러움

이 집 재산은 다 이 아들한테 줘사크라
고만이 보난
상당헌 아들인게
세상에 이런 아들이 어디서

우리 집 아들은
바쁨도, 바쁨도
큰 식당을 해부난
강 보민 세탁기 위에 빨래가 덤브랑
단체손님 받느랭
귀눈이 왁왁
왕 봄이랑 마랑

왕 보민 또 뭘 헐거라
이제 죽지 못행 허는 사람
이삼일 이땅
가사허주

폭력

또, 또
손 집어넣는다
가만히 있어 좀
가만히
기저귀 갈 때 자꾸 밑으로 손을 집어넣으면
똥이 다 손에 묻잖아
다리는 왜 또 양반다리로 굳어갖고
기저귀도 못 갈게
희한한 사람이네

손은 왜 이리 잽싼지
소변 줄을 뱅뱅 감아올리고
그새 또 빼버렸어
자꾸 그러면 손을 묶어 버릴 거야
째려보면 어쩔 건데
눈 곱게 떠

아유 눈에 문신한 거 봐
젊었을 때 한가락 했지?

남자 선생님만 오면
헤벌쭉 웃는다
이봐, 이봐

중간 계산서가 나왔다.
이거 다 우리 돈 아냐
우리가 낸 세금으로 병원비 내고
죽을 때까지 이렇게 해줘야 하는 거 아냐

치매

아버지,
주삿바늘 빼면 안 돼요
어제도 빼시고
알았죠
몰라
이렇게 피가 흐르잖아요
호호
피를 조금 빼버리니까 시원해

내일 아침 9시 수술 있어요
오늘 12시부터 금식입니다
물도 먹으면 안 돼요
네네

새벽 5시에 일어난 할아버지
간호사, 간호사
오늘 5시에 수술한다고 했잖아
왜 데리러 안 와
누가요

간호사가 그랬지

간호사가 거짓말하면 되나

버럭 역정을 내시며 따지신다

낮에는 사람이 있는지 없는지 모를 정도로

침대가 조용하다

앉아서 졸면서도 꼿꼿한 자세로

기척이 없으셨는데

밤에는 어데서 들려오는 나팔 소리인지

쩌렁쩌렁

젊었을 때 나팔을 불었다더니

정말인가 보다

수박 딸기 바나나

이 순서로 누르세요

자 눌러 보세요

……

한 번 더 따라 해 보세요

수박 → 수박

딸기 → 딸기

바나나 → 바나나

이 순서를 외우면서 다시 시작해 보세요

응응……

배우면 재미있겠네

금식

물 한 컵만 주라
배고파 죽겠으니
우유라도 조금 주라

금식이라 안 된다니까요
물이나 음식이 들어가서 위장 운동을 하면
큰일 난대요
지금 영양제 수액 다 들어가고 있으니
조금만 참으세요

보채는 어린아이같이
채워지지 않는 갈증
딱히 배가 고프다기보다
멈추어버릴 것 같은 시간이 불안해
마음에 없는 투정을 자꾸 부린다

아무도 대신 아파줄 수 없는
채울 수 없는
근원적인

고독

건널 수 없는 강이 흐른다

아버지와 아들

어이 시원해
커튼 사이에서 들려오는 소리
바가지에 물을 떠다
아들이 아버지 얼굴을 씻겨 드리고
면도해 드린다

아버지는 음식을 반만 먹고
반을 남겼다
아버지 더 드시죠
아냐
똑같이 반반 먹자

커피 한잔하실래요
오케이

아버지 오줌 마려우면
그냥 여기 기저귀에 싸세요
그래, 그래

이 사진은 전에 스위스 여행 갔을 때

찍은 거예요

어, 어 좋다

가는 줄 알았으면

여비라도 보태줄걸

나도 젊었을 때 많이 다녀봤다

여럿이 가야 좋지

심심하면 이거 들으세요

여기 누르면 돼요

아들도 노래 좋아해?

나도 젊었을 때는 노래방도 많이

다녔지

내 발등으로 슬픔이

병실 청소 시간이라 복도로 나왔다
발은 벌써 벤치를 향한다
한발 늦었다
노인 한 분이 먼저 와 앉아 있다
그냥 돌아갈까 망설이다
어색함을 무릅쓰고
거리두기를 하여
한쪽 끝에 앉았다

두 눈을 살짝 감고
마음으로 두 손을 모으려는데
노인이 말을 걸어온다
어디서 와서?
난, 저 고산 윗동네라
어머니 간병 와서
할아버지는요?
나도 우리 집사람이 아파서
이 병원 저 병원 다 돌아다녀 보고
육지도 가 봐서

소용 어서

근육을 키워야 한다는데

그럼 재활병원에 가시지요

나이도 있고

그럭저럭 시간만 보냄주

그래도 여긴 교통이 좋아서

머리가 허연 백발노인

수정 같은 눈

고개만 숙여도 떨어질 것 같은

유리구슬에서 슬픔이

또르르

내 발등으로

외딴섬

그런대로 규모가 있는 빌라인데
사람들이 보이지 않는다
빌라 앞 운동기구를 이용하는 사람조차
없다

모두 날개가 달렸나
세련된 엘리베이터도
웃을 줄 모른다
이웃과 마주친 적이 없어
인사하는 법도 잊어버렸다

어쩌다 한 번쯤
마주쳤을까
못 볼 것을 본 양 움찔
서로 경직된 얼굴 돌려버린다

주차된 차들도 언제
들어왔다 언제 나가는지
관리비 고지서가

우편함마다 꽂혀 있는 걸 보면
빈집은 없는가 보다

늦은 시간
내가 잠을 청할 때쯤
베갯머리에서
시냇물 소리 들린다
이제야 섬이
기척하는가 보다

너, 코로나19

떠나는 사람과
보내는 사람이
마지막 손잡음으로
온기도 나누지 못한 채

희미한 눈동자에
사랑했던 얼굴들 하나하나 새기는데
그토록 보고 싶었던
막내아들 얼굴
마지막 작별의 순간도
허락하지 않는
얄미운 너,

생전에 듣도 보도 못한
삼팔선 그어놓고
사람 애태우네

타국에서 비행기 몇 번씩 갈아타고
고향으로 날아왔지만

코로나가 무엇인지

이것저것

가로막아

아버지 임종까지 뺏어가 버렸네

누구를 원망하리

가슴 아픈 이별의 순간에도

훼방 놓는

너,

소나기

장대비가
아스팔트 위로
콕콕
꽂힌다

코로나 예방접종한다
땅도
건물도
골목골목
콕콕

죽어가는 지구 살리겠다고
정신 차리라고
천둥 번개까지 친다

무거운 짐 내려놓으려 하네

오랜 시간 방영했던 인기 드라마
마지막 회 시간이 되었다
아쉬움에 두 눈 감고
과거를
되돌려 보기 한다

아직 도착하지 못한 한 문장을
애타게 기다리며
미동 없이 꿈속을 헤맨다
온기의 간격은 점점 엷어지며
서늘해진다
말없이 굳어진
문자들을 주고받으며
안간힘을 쓴다

마지막 스캔하고 싶은 얼굴
이제 마악 공항에 도착했다는
전언을 듣고서야
휴우~

깊은 안도의 숨을 멈춘다

긴긴 한 편의 드라마가
끝난 듯
자막이 흐른다

그래도
고맙고 미안하고
사랑했노라

제4부

유리창에
별이

위로

대문을 나서는데
반짝
눈길을 붙잡는다

흙이라곤 한 줌도 보이지 않는
시멘트와 시멘트 사이
어떻게 비집고 들어갔을까

민들레 한 송이
빙그레 웃고 있다

흙 한 줌 없는
그곳
그 좁은
사이를

감사한 하루

비행장 철조망 따라
철길 같은 데크길 걷는다
망루 바라보며 살랑대는 들꽃들과
눈인사하며
실루엣 같은 바람 슬며시
스쳐 지나가는 길에
포로롱 참새 한 마리
철조망 사이를 날아간다
이륙하고 착륙하는 비행기 따라
꼬리에 꼬리를 무는 사연들
구름 따라 흩어지는 시간
큰 바위 얼굴 같은
한라산을 바라보며
두 발로 걸을 수 있음에
절로 감사하고 싶은 하루가
지나간다

노란 엽서

도서관 창가에 서 있는

은행나무 한 그루

밤새 도착한 노란 엽서들

어디서 날아온 사연들인지

눈이 부시다

오가는 사람 뜸해

아직 배달되지 못한

샛노란 엽서들

오늘은

새들이 먼저 읽고 날아간다

주인을 기다리는 주차된 자동차 위에도

노란 엽서 한 장 도착하였다

도서관 창가에서 걸어 나온

은행나무 한 그루

오가는 사람 뜸한 뒷골목에서

지친 행인의 어깨 위로

위로의 말 건네려 한다

너의 미소

머릿결 쓰다듬듯 순한
봄바람에 귓불이 간지럽다

구름 따라 걸을 때는 너를
보지 못하였다
새소리 들으며 걸을 때에도 너를
보지 못하였다

기다림으로 고개 숙일 때 발밑에서
배시시 웃는 너의 모습
점 점 점 돋보기 같이 다가왔다

아가의 새끼손톱보다 더 작은 보랏빛
꽃을 피우고
사방에서 초롱초롱
빛나고 있었다

쳐다보는 사람 없어도
꽃이라 여기는 사람 없어도

행복한 너의 미소

아가의 새끼손톱보다 더 작은

꽃잎 속에

숨어 있었다

연두이고 싶어

동네 한 바퀴
산책길에 들어서면
울타리마다 연둣빛으로
유들유들
봄 햇살이 속닥속닥

게으른 길고양이도
돌담 위로 슬쩍 올라와
연두를 탐내요
쫑긋쫑긋 입을 다시며
줄다리기하듯
햇볕을 잡아당겨요

나도 시린 몸을 꺼내
어린 감잎 속으로
유들유들
살얼음 녹여요

봄을 기다리며

앞집 돌담에
무성했던 담쟁이
맥없이 말라가고 있다

여름 한낮
싱싱하게 뻗쳐오르던 힘
벽을 기어오르며
지붕을 넘보다 그만
밑동이 잘렸다

파란 손의 욕망
누렇게 오그라들어
바람에 바삭하다

창문 너머
눈 뜨면 매일 마주 보던
싱싱한 푸르름
하루아침에 사라져
삭막한 돌담

재잘재잘

밑동에 새봄 기다리는

아이들 웃음소리

그립다

유리창에 별이

달리는 버스 유리창에 빗방울이

흘러내린다

주르륵주르륵

내려가는 길도 다르고

흘러내리는 속도도 다르다

그러나

목적지는 같네

버스 안 사람들이 가는 길도 모두

다르다

삶의 방법도

삶의 길이도 모두 다르다

그러나

종착지는 모두 같다

쓱쓱

와이어가 한번 밀고

왔다 가면

유리창 하늘엔

작은 별이 총총
은하수를 이룬다

와이어가 또 한 번
좌우로 왔다 가면
또르르 또르르
집을 찾아가는 올챙이들
골목골목 자기 집 찾아 흘러 들어간다

나도
별똥별
따라간다

종소리

구월 볕이 쟁쟁거리던 날
증명사진 찍으러 사진관에 갔다
30분 후 나온다 하여
시장을 기웃거리다 국수 한 그릇 먹었다

성당 앞을 지나는데
이명 같은 종소리 들린다
열두 시를 알리고 있다
밀레의 만종 화폭 속으로 들어가고 싶은
묵도의 시간이다

세월이 흐르고
세상이 변해도
묵묵히 자기의 길을 걸어온
애수에 젖은 종소리

서로의 안부를 묻기도 전에

총총히 사라져

여운 속으로

걸어간다

참회의 시간

물빛 사이로 해초들이
아롱거리는
이른 아침

게 한 마리
갯가에 나와
귀여운 아기 고양이같이
앙증맞은 세수를 한다

물결이 그림자같이 다가와
날름날름 혀를 내밀어도
놀래지도 않아

집게발에 물을 묻혀
계속
얼굴에 찍어 바른다

씻어도
씻어도
지워지지 않는
부끄러움같이

낮달맞이꽃

막달라 마리아같이 고운 얼굴에
송골송골 땀방울 맺혔다

예수님을 사모하는 마음이 사무쳐
해가 떠오르는지도 모른 채
기도하다가
낮달맞이꽃 되었나

송이송이
십자가
가슴에 품고 있다

달이 지고
꽃이 지는 순간까지
묵묵히
나의 십자가를 지고
따라가야 할
길

한담 길

맑고 청아한 피리 소리 들려오는
옥빛 바다
하얀 손수건을 흔드는 물결 위로
백사장 모래처럼 담박한
갈매기 날아간다

한대코지 따라 걷노라면
무심한 세월 앞에
갯메꽃 한 송이
손을 흔든다

맨발

비둘기가
눈밭을
걸어간다

고요를
흔드는
붉은 낙관이
사뭇
시리다

발만 동동

은행 앞 나무 그늘에 앉아
보따리 펼치셨다
빨강 노랑 파랑
먼발치에서 보아도 파프리카 모습이다

사람들이 많이 지나다니는
길목이라
희망을 붙잡고 땡볕 사이에
앉았다

조금이라도 시들지 말라고
빌딩 옆 수도꼭지 찾아
수건에 물을 적셔 오는데
갑자기 얄미운 바람이
회오리쳤다

얌전히 앉아있던 검은 비닐봉지가
사방으로 흩어졌다
차도로

인도로 펄럭펄럭

땅을 치며 통곡하듯

슬픈 영혼이

만장 기를 흔들며

이리저리 펄럭

펄럭

하루살이 몇

나는 할 일 없이
창가를 서성이고
더위는 타협도 양보도 없다고
으름장 놓고

가로등은 철없이
오지 않는 사람을 마중 나와
몇 시간째
홀로 서 있는데

목동을 위로해 주던 별조차
소리소문 없이 숨어버린
밤

홀로 서 있는 가로등이 안쓰러워
하루살이 몇
비잉비잉 비잉
무덤가
떠나지 못하네

별자리 찾아

나는 밤마다
나의 별자리 찾아
낙우송과 빌딩과 전봇대 사이로
조각난 하늘을
이리저리 헤엄쳐 다닌다

집 나간 별은
언제쯤 돌아올는지
지느러미 흔들며
구름 헤쳐 나아가도
그림자도 보이지 않는다

베란다 한쪽 끝에
회전의자 놓고
여기가 물고기자리라 칭하고
날마다 빙글빙글
밤하늘 유영한다

저 어둠 너머

머어언

어딘가에서 불 밝히고 있을

나의 별자리를 찾아

제5부

조밤나무

꿈은 사라지고

뜨거운 여름날
껌을 주울 수 있다는 말에
땀을 뻘뻘 흘리며
친구 따라 절장기 모래밭
미군들이 버리고 간
쓰레기더미 있는 곳을 찾아갔다
밀껌 대신 쫀득쫀득한 진짜 껌을
씹을 수 있다는 설레는 마음으로

껌을 씹다 책상 밑에 붙여두고
다음 날 또 씹는 아이들
크레용 조금 섞어 빨갛게 물들여
주물럭주물럭 늘렸다 줄였다
으스대던 껌딱지

꿈은 사라지고
허탈감에 슬픔이 몰려와
터덜터덜
기진맥진 돌아오던 길

횡재

눈이 무릎까지 빠지던
어느 겨울날
심부름 가는 길에

하얀 눈 위에
보일락 말락 숨어있던
발간 보석

소풍날 보물찾기에서도
한 번도 찾아오지 않던
행운이

하얀 눈 위에
빨간
드럼프스
깊은 우물 안에 갇혀있던
달콤한 추억

단풍나무

유월의 녹음 속에서
붉게 타오르다
기다림으로 서 있는 사람

햇빛 아래
흐드러지게 피어있는
만첩빈도리꽃
달콤한 향기에 취해

그리움으로 붉게
서 있는 사람

조밤나무

조밤나무 그늘에 앉아
지친 다리를 쉰다
동굴 속에 들어온 듯 시원하다
나무 위에서는 새가 된 아이들이
뭐라고 뭐라고
끽끽거린다

조밤나무에 올라간 아이들
나뭇가지를 마구 흔들어
팽이들이 떨어진다
덜 익은 떫떠름한 맛에
퉤퉤거리며
조밤을 주워 먹었다

바람이 점점 세어진다
조밤나무 흔들던 아이들
조밤을 줍던 아이들
포롱포롱
날아간다

별은 사라져

언젠가부터
내 방 창가에 별이 찾아오지 않았다
별을 본 지가 까마득하다

꿈을 꾸는 날이 점점
줄어들어
어느 책갈피에서
늙어가고 있는지
청수리
반딧불이 찾아 다들
그리로 날아갔는지

마당에 멍석 깔고 누우면
수없이 쏟아져 내리던
그 많던 별들
밤이 새도록 별을 다 세지 못하고
잠이 들던 아이들 모두
떠나버린
텅 빈 하늘

꿈을 꾸지 않는 늙은

창가에

별은 사라지고

가로등 불빛에

하루살이만 붐빈다

멜잠자리

노을 지는 저녁
유년의 어깨 위를 날아다니던
잠자리 떼

망사 망토를 흔들며
내 마음의 연줄 물고
잡힐 듯 잡힐 듯
숨바꼭질하던

마당 가득
북적북적
어느 바닷가에서 밀려온
멸치 떼같이

툭툭
어깨 스치며
'멜 들었저' 귀띔해주던
잠자리 떼

달 떴다

비자나무 옆에
늙은 야자수나무 기둥이 떨어져 나가
두 팔 넓이 둥그런 뿌리
움푹 패었다
비 온 뒤 찰랑찰랑
근사한 우물 되었다

두레박 없이도
목을 축일 수 있는
숲속 친구들 기다리는
야자수나무 우물

사방으로
비자나무 열매 덤으로
받아놓고
기다리는 어머니 마음

우물에
보름달
떴다

초당옥수수

나뭇가지에 매달린 물방울
재미 삼아 손가락으로
톡톡
터트리듯

며느리가 보내온 초당옥수수를
심심해서 깨문다
옥수수 알갱이가 터질 때마다
아삭아삭 아삭
달콤한 눈물이 입안으로 번진다

때론 격하게
허기를 채우듯
갈비를 뜯듯
아작아작 끝장을 낸다

오늘도 잘 지냈다고
고맙고
감사하다고

방울방울 터지는
달콤한 눈물조배기
포만감에 눈물이
날아간다

추억의 한치빵

해안도로 따라 갯내음 맡고 돌아오는 길에
자주 들르던 곳이다
그냥 지나치면 섭섭해
한치 물회 대신
제주한치빵을 먹고 온다

제주 메밀가루에 제주축협에서 만든 모짜렐라치즈를
듬뿍 넣어 만들었다
제주 한치는 너무 귀해서
수입산 한치를 갈아 넣었지만
2분 50초만 기다리면
따끈한 한치빵을 먹을 수 있다

'다리가 짧다고 나무라지 마세요
한 치밖에 안 되는 다리여서
더 귀하답니다'
한치를 설명하는 문구를 읽다가

그는 병상에서
지팡이를 짚고서라도
걸을 수만 있었으면
그토록 소원했었는데

짧으면 어떻고 길면 어떤가
그거 다 부질없는 일인걸
그저 걸을 수 있으매
감사할 뿐이지

코스모스밭에서

사람들이 사진기 속으로 들어갔다 나올 때마다
코스모스 웃음소리 들려온다
영화 장면같이 스쳐 지나가는
흑백사진 배경 속에 정물로 앉아있던 교실
유리창 너머 들려오던
소녀들의 웃음소리

빨강 분홍 보라 하양
함께 있어 아름답고
함께 있어 재미있고
함께 있어 행복했던 소녀들

코스모스밭에서
소녀들의 합창 소리 바람 타
들려온다

내 이름 잊으셨나요

숲길 굴렁진 곳에
빨갛게 수놓았습니다
가녀린 목에
활짝 피어 더
외로운

당신이 두고 가신
덩그러니 빈 의자 하나
기다림에 지쳐
횅합니다

우리 서로 만날 수 없는
언약만 남은 그 자리에
그림자 같은
발자국 따라
무더기
무더기로 피었습니다

내가 떠난 뒤에

당신

천천히 쉬어가라고

바람에 향기 실어

보냅니다

동백 열매

동백나무 열매가 땡볕에
빤질빤질
초콜릿 빛으로
침샘을 자극하며
익어가고 있다

건너 숲에서 날아온
아기 동박새
동백나무 밑에서
이래 주왁 저래 주왁
무얼 찾다
날아간다

동백기름 곱게 바르고
쪽머리 빗으시던
어머니
낙엽 따라 먼 길 떠나시며
나무 밑에 두고 가신
브로치

조개송편 같은 친구

전화가 왔다
50년 만이다
인편에 간간이 소식은 들었지만
마지막 얼굴을 본 것이
결혼 전
교통사고로 내가 병원에 누워 있는데
잠깐 어머님 뵈러
일본에서 귀국했다며 들렀다

친구네 집은
우리 집과 울타리 하나 사이
우리 집 긴 올레 중간에
담 구멍으로 마당이 보이는 집
추석에는 큼지막한 조개송편을 만들고
조개송편 속에 고구마 소를 넣어
달콤해서 더 맛있던
송편

우리 집은 언제나 세미 떡
소주병으로 반죽을 밀어
주전자 뚜껑으로 본을 뜨고
만두를 빚듯 반달 모양에
설탕 넣은 콩가루 소

오래전 고향에 내려와
뿌리를 내렸다는데도
그동안 우린
이역만리 타향

조만간
한라산을 넘어야겠다
조개송편 같은 친구
만나러

싸락눈을 녹이며

뻥튀기 차가 왔다
우리 집 앞에 자리를 잡았다
옥수수, 쌀, 떡, 누룽지 뭐든지
펑펑 부풀려준다
장작불도 보이지 않는데
기계에서 코흘리개 아이들이 펑펑
쏟아져 나온다

뻥할아버지가 오면
아이들이 골목에 줄을 섰다
자루에 보리쌀 담고
나뭇가지 들고
빈손 들고
구경꾼 아이들이 귀 막고 섰다가
펑 소리가 날 때마다 우르르 몰려가
사방으로 흩어진
싸락눈을 주워 먹었다

궤짝 틈에 몰래 감춰 두었던

추억 하나 샀다

쌀쌀한 겨울바람에

콩 볶듯이 내리던 싸락눈

한 움큼 집어 먹는다

아이들은 세월 따라 흩어지고

생각은 먹어도 먹어도 배가 불지 않는다

나누어 먹을 형제가 없으니

감추어두지 않아도

한참 먹겠다

달무리

중복 지나 오랜만에 찾아왔다
소식 궁금하여
창 앞에 서성인다
흐릿한 안경 너머
지친 기색 역력하다

오랜 장마에 눈가가 짓무른 듯
그리움에 흐릿한 눈으로
가물가물
못다 한 말
구름 조각 펼치신다

못내 돌아서기 섭섭하여
하늘 창가에 안개꽃
한 다발
걸어 놓는다

'병실/유년 시절'의
시적 치유의 힘

고명철

'병실/유년 시절'의
시적 치유의 힘

고명철

(문학평론가, 광운대 교수)

1.

전 지구적으로 확산된 대감염병의 시대를 맞아 일상의 위협을 받고 있다. '팬데믹'이란 낯선 용어가 일상의 중심부를 꿰차고 들어오면서, 코와 입이 마스크로 가려진 채 서로의 눈만 빼꼼히 드러낸 얼굴로 인사를 하고, 조금만 빨리 발걸음을 옮기면 이내 숨이 차오르는 삶을 살고 있다. 이렇듯이 우리는 예전보다 좀 늦춰지거나 아예 달라진 삶의 리듬 속에서 황당한 일들과 마주한다. 그 단적인 사례로,

"떠나는 사람과/보내는 사람이/마지막 손잡음으로/온기도 나누지 못한 채" "코로나가 무엇인지/이것저것/가로막아" "가슴 아픈 이별의 순간"(「너, 코로나19」)마저 허락되지 않는 참으로 기이하고도 기막힌 일상의 풍경을 목도하고 있지 않은가.

김순선의 이번 시집 『사람 냄새 그리워』는 팬데믹의 일상의 리듬을 조율하고 있는 사회적 거리두기 아래 고통과 상처를 입은 사람들의 삶을 응시하면서 그 삶의 결들에 배어든 존재의 비의성을 매만진다. 그래서인지, 시집의 맨 앞에 놓인 시에 자꾸만 눈이 간다.

> 남편 앞에만 서면
> 세상에서 가장 슬프고
> 가장 아프고
> 가장 외로운 소녀 같은 음성으로
> 어젯밤에 일어났던 시시콜콜한 일들을
> 쫑알쫑알 일러바친다
> 엄마 앞에서 응석 부리듯
> 가여운 얼굴로
> 엄살 같은 신음한다
>
> ―「거울을 보는 여자」 부분

참고로, 이 시의 화자는 "60대 여자/주렁주렁 링거 줄 달고"(『거울을 보는 여자』) 있다. 이 시는 시집을 여는 시로서 시집 전체를 감싸는 매혹을 보여준다. 우선, 중년 여성 화자가 아파 병실에 있다 보니 그곳에 있는 환자들과 연루된 숱한 사연들을 접할 수밖에 없을 것이다. 그런데 이 사연들을 남편에게 얘기하는 태도와 방식이 예사롭지 않다. "가장 슬프고/가장 아프고/가장 외로운 소녀 같은 음성으로/어젯밤에 일어났던 시시콜콜한 일들을" "엄마 앞에서 응석 부리듯" "쫑알쫑알" 얘기한다. 말하자면, 이 여성 화자는 표면상 중년의 생물학적 연령을 지닐 뿐, 그 내면에는 유년기를 미처 벗어나지 못한 '소녀'가 자리하고 있다. 그것도 최상급 '가장'이란 부사어의 수식을 받는 '슬픔-아픔-외로움'의 신열(身熱)을 앓고 있는 '소녀'이다. 우리는 이 여는 시를 접하면서, 시인의 퍼스나인 이 시적 화자가 지금-여기를 어떻게 응시하면서 노래하고 있는지 절로 귀가 솔깃해진다.

2.

이번 시집에서 주목되는 공간은 병실이다. 시적 화자가 병실에서 다양한 부류의 사람들을 응시하듯, 환자들 모두 나름대로 삶의 곡절을 지니고 있다. 가령, 다음의 몇 사례를 음미해보자.

퇴근하고 돌아오면

냉장고 문을 열고

소주부터 마시는 여자

그때가 가장 행복하다는 여자

젊었을 때는 술에 취하면

정신은 말짱한데

몸이 비틀거렸는데

지금은 걸음걸이는 멀쩡한데

정신이 흔들린다는 여자

- 「소주를 좋아하는 여자」 부분

그녀의 뇌리에 각인된 이름

자기 이름보다 더 소중한

이름

명순이를 향한

못다 한 말

허공에 꾹꾹 눌러쓴다

- 「허공에 쓰는 편지」 부분

각시는 어디를 갔기에

저토록 애타게 부를까

그리움 같은

참회의 목소리로

각시야~

각시야~

간절한 기도 소리 같은

남자의 절규

- 「에밀레종 소리」 부분

　분명, 남모를 사연이 있을 터이다. "간호사 몰래 소주 마
시다/병원에서 쫓겨난 경력이 있"을 정도로 "얼마나 소주
를 좋아하는지/고백하는 여자"(「소주를 좋아하는 여자」)에게
는 흡사 알콜 중독이 된 어떤 곡절이 있을 것이다. 치매에
걸린 할머니가 "가슴 깊이 숨겨둔/못다 한 말/뭉뚝한 손으
로/헛손질"(「허공에 쓰는 편지」)하면서 절규하며 부르는 '명순'
이와 서로 얽혀 아직도 풀지 못한 정한(情恨)이 있을 것이
다. 그리고 얼마나 아내에게 몹쓸 잘못을 저질렀으면 한밤
중 아내가 부재한 사이에 "각시야~/각시야~/간절한 기도
소리 같은" "그리움 같은/참회의 목소리"가 마치 "에밀레종
소리"처럼 병실을 울릴까.
　시적 화자는 병실의 위 풍경을 찬찬히 들여다본다. 아픈
자들의 상태가 비록 어떤 삶의 경계를 넘는 충동을 보이기
도 하지만, 그래서 그런 모습들이 때로는 이해하기 힘들기
도 하지만, 시적 화자는 병실에서 보여지는 예의 풍경 속

아픈 자의 내면에 깊이 자리한 존재의 상처를 겸허히 응시한다. 왜냐하면 그들의 상처가 아픈 그들에게만 한정된 특별한 게 결코 아니라 이 상처를 응시하는 시적 화자는 물론, 병실 바깥에 있는 존재들에게도 두루 해당되는 삶의 상처는 그것과 연관된 사연을 지니고 있기 때문이다. 흔히들 심신이 아플 때 그 아픔과 조금이라도 연관된 삶을 되돌아보면서 아픔을 치유한다고 하는데, 시적 화자가 병실에서 마주하는 풍경의 사위에서 개별 사연들을 주목하는 것은 곡절 많은 삶 속에서 상처 입은 존재들을 위한 시적 치유를 시인이 수행하고 있다 해도 과언이 아니다.

3.

기실, 이러한 시적 치유는 병실에서 환자를 간호하는 관계 속에서 한층 구체적으로 나타난다.

> 잠시도 쉬지 않고 흥얼흥얼 노래 부른다
> 반응 없는 엄마와의 대화법이다
> 씻기고 먹이고 기저귀 갈아주면서
> 엄마에게 받았던 사랑을
> 딸이 엄마에게 드리는 중이다
>
> -「영자 씨」부분

면회가 금지된 병원

80세 노인과 딸의 대화

하루 세 번

안부 전화와

잔소리와

다짐이

반복된다

전국을 돌아다니다

중동까지

건설현장을 누비던

노장의 근육맨

다듬어지지 않은 거칠고

화통 같은 목소리가

화난 사람 같아

병실 사람들이 깜짝깜짝 놀란다

－「아버지와 딸」 부분

　위 두 시에서 서로 다른 환자를 간호하고 있는 딸들은
자신의 부모와 소통하는 방식이 전혀 다르다. 「영자 씨」에
서 딸은 "흥얼흥얼 노래"를 부르면서 그것에 엄마가 반응
을 보이는지 관계없이 엄마를 간호하는 중이고, 「아버지와
딸」에서 딸은 면회가 금지된 채 "하루 세 번/안부 전화와/

잔소리와/다짐이/반복"되는 가운데 "병실 사람들이 깜짝깜짝 놀"랄 만큼 "화난 사람 같"은 아버지와 소통한다. 그래서 「영자 씨」가 살가운 방식이라면, 「아버지와 딸」은 쌀쌀한 방식의 소통의 형식을 취한다. 그런데 이 두 가지 소통의 풍경에서 배면에 가려져 있는 음화(陰畵)를 눈여거볼 필요가 있다. 「영자 씨」에서 보이는 살가운 소통 풍경에는 그어떤 "반응 없는" 엄마의 "얼마 남지 않은 시간 여행/후회없는 이별을 위한/추억 쌓기"의 아픔이 채색되고 있다면, 「아버지와 딸」에서 보이는 싸늘한 풍경에는 가족을 위해 국내외 "건설현장을 누비던/노장의 근육맨"이 병실 신세에도 불구하고 아직 건재하다는 것을 애써 알리고자 하는 "애교맨"의 색조가 드러난다. 그러니까 이 두 음화의 경우 하나는 머지않아 죽음을 조우해야 하는 그래서 차갑디차가운 생의 종언이 배면에 그려지고 있다면(「영자 씨」), 다른 하나는 아직도 사그라들지 않는 삶의 활력이 뜨겁디뜨거운 생의 기운으로 배면에 그려지고 있다(「아버지와 딸」). 이렇듯이 서로 다른 두 병실 풍경의 배면을 이루는 음화는 존재의 형식이 지닌 생의 위엄이 바탕을 이루고 있음을 보여준다. 여기에는 "씻어도/씻어도/지워지지 않는/부끄러움"(「참회의시간」)이 환자와 간호자 모두를 감싸고 있어, 시인은 두 병실의 풍경을 통해 웅숭깊은 시적 치유를 수행하고 있다.

4.

이처럼 병실의 공간은 그동안 둔감했거나 망실하고 있던 존재의 윤리적 성찰을 위한 틈새를 낸다. 그리고 우리는 그 틈새로부터 타자의 존재성을 비로소 실감한다.

두 눈을 살짝 감고
마음으로 두 손을 모으려는데
노인이 말을 걸어온다
어디서 와서?
난, 저 고산 윗동네라
어머니 간병 와서
할아버지는요?
나도 우리 집사람이 아파서
이 병원 저 병원 다 돌아다녀 보고
육지도 가 봐서

소용 어서
근육을 키워야 한다는데
그럼 재활병원에 가시지요
나이도 있고
그러저럭 시간만 보냄주
그래도 여긴 교통이 좋아서

머리가 허연 백발노인

　수정 같은 눈

　고개만 숙여도 떨어질 것 같은

　유리구슬에서 슬픔이

　또르르

　내 발등으로

- 「내 발등으로 슬픔이」 부분

　병원에서 만난 할아버지는 자신의 아내의 병 수발을 들고 있다. "이 병원 저 병원 다 돌아다녀 보고/육지도 가" 보았지만, 아내의 병에 도움이 되지 않았다고 한다. 그나마 실오라기 같은 희망이 "근육을 키워야 한다"면서 "재활병원에 가"야 함에도 불구하고 그 엄두를 내기는커녕 "그럭저럭 시간만 보"낼 뿐, 그래서 "머리가 허연 백발노인"의 눈에서는 차마 말 못할 "슬픔이/또르르/내 발등으로" 흐른다. 노인은 비로소 그 아내의 존재를 향한 반성적 성찰과 회한의 그 무엇이 자아내는 '슬픔'의 정념에 휩싸인다. 그렇다면 아내의 힘없이 위축돼가는 근육과 움츠러들며 작아지는 병든 몸뚱이를 지켜보는 노인의 내면은 어떤 모습일까.

　아무도 대신 아파줄 수 없는

　채울 수 없는

　근원적인

고독

건널 수 없는 강이 흐른다

- 「금식」 부분

　　병마에 손쉽게 굴복하지 않기 위해 병마에 버티고 있는 아픈 자는 역설적이지만, 아픈 자를 대신해줄 수 없는 그 어떤 것으로도 "채울 수 없는/근원적인/고독/건널 수 없는 강"의 존재 때문에 병마와 치열히 싸우면서 심지어 공존한다. 김순선의 시집 곳곳에서 보이는 아픈 자와 간호자들에게는 바로 이 '근원적 고독'이 도도히 흐르고 있음을 주시해야 한다. 이것은 아픈 자의 존재 가치를 추락시키거나 퇴락시키지 않을 뿐만 아니라 아픈 자를 간호하는 존재의 위엄마저 훼손시키지 않도록 하는 삶의 비의적 실재다. 그만큼 '근원적 고독'은 아픈 자와 연루된 이들을 온전히 이해하는 데 핵심적인 삶의 실재다. 가령, 생명을 앗아갈 정도로 신체 주요 장기에 치명적 손상을 입힐 수 있다 하더라도 개별적 존재의 절실한 삶의 문제와 결부될 경우 좀처럼 제어가 불가능한 흡연 욕망을 부정적인 것으로 속단할 수 없는 것은 그 단적인 사례이리라.

그때

간호사가 들어왔다

병실에서 담배를 피우면 쫓겨납니다

폐가 흐물흐물하다는

담당과장님의 설명을 듣고도

아,

딱 한 모금이

뭐라고

－「한 모금만」 부분

시적 화자에게 담배 한 모금은 무엇과도 바꿀 수 없는 생의 가장 귀한 대상이다. 건강을 해치는 흡연의 심각성이 얼마나 컸으면, "폐가 흐물흐물하다는" 의료 진단을 받았을까. 말하자면, 폐의 정상적 기능이 어려울 지경에 이르렀음에도 불구하고 시적 화자는 "딱 한 모금"의 흡연을 애타게 갈구한다. 대체, "딱 한 모금이/뭐라고", 시적 화자는 폐가 죽어가는 것을 아랑곳하지 않고 '근원적 고독'의 자유를 만끽하기 위해 흡연의 절대 유혹을 버리지 못하고 있을까. 이것이 인간을 휩싸고 도는 삶의 실재인바, 시인은 이것을 흡연과 연관된 건강학 또는 위생학과 다른 차원의 시적 진실의 차원으로 접근하고 있음을 간과해선 곤란하다. 다시 강조하지만, 이 시적 진실은 인간의 '근원적 고독'을 상기시키는 존재론적 성찰의 문제로서, 이것은 이번 시집의 경우 병실의 공간에서 치열히 탐구되는 시적 문제의식 중 하나다.

5.

물론, 이번 시집이 병실 공간만을 대상으로 하는 것은 아니다. 병실 공간을 응시하면서, 아픈 자와 간호자 들 사이의 관계로부터 잉태된 삶의 상처와 고통에 대한 시적 치유를 수행하고 있다면, 병실 공간 밖에서 시인은 시적 화자의 유년 시절의 기억을 떠올리면서 또 다른 시적 치유를 수행하려고 한다. 하지만 이 일이 생각만큼 쉽지 않다.

마당에 멍석 깔고 누우면
수없이 쏟아져 내리던
그 많던 별들
밤이 새도록 별을 다 세지 못하고
잠이 들던 아이들 모두
떠나버린
텅 빈 하늘

꿈을 꾸지 않는 늙은
창가에
별은 사라지고
가로등 불빛에
하루살이만 붐빈다

- 「별은 사라져」 부분

어느덧 "꿈을 꾸지 않는 늙은" 시적 화자의 "창가에/별은 사라지고/가로등 불빛에/하루살이만 붐"비듯, "그 많던 별들"이 "떠나버린/텅 빈 하늘"을 머리에 이고 있을 뿐이다. 따라서 시적 화자에게 유년 시절을 회상하는 낭만적 상상력을 회복하기 위해서는 잃어버렸고 떠나버렸던 별들을 다시 만나는 데서부터 시작되어야 한다.

> 베란다 한쪽 끝에
> 회전의자 놓고
> 여기가 물고기자리라 칭하고
> 날마다 빙글빙글
> 밤하늘 유영한다
>
> 저 어둠 너머
> 머어언
> 어딘가에서 불 밝히고 있을
> 나의 별자리를 찾아
>
> - 「별자리 찾아」 부분

그렇다. "나의 별자리를 찾아" 나선 길은 시적 화자의 유년 시절을 찾아나서는 길이고, 이것은 병실 세계와 다른 세계에서 낭만적 상상력이 지닌 시적 진실의 힘으로 시적 치유를 수행하는 길이기도 하다. 이 길에서 시적 화자가 조

우하고 있는 것들 중 좀처럼 스러지지 않는 아름다운 장면
이 있다.

> 마당 가득
> 북적북적
> 어느 바닷가에서 밀려온
> 멸치 떼같이
>
> 툭툭
> 어깨 스치며
> '멜 들었저' 귀띔해주던
> 잠자리 떼

- 「멜잠자리」 부분

"노을 지는 저녁/유년의 어깨 위를 날아다니던/잠자리
떼"(「멜잠자리」)를 이처럼 아름답게 노래할 수 있을까. 이 잠
자리 떼의 유영이 아름다운 장면은 어디에서 기인한 것일
까. 그것은 "마당 가득" 저녁 하늘을 유영하는 잠자리 떼가
"어느 바닷가에서 밀려온/멸치 떼"의 장관과 절묘히 포개
지기 때문인데, 우리가 주시할 것은 시적 화자의 저녁 무렵
마당이 이 순간 멸치 떼가 가득 든 바다의 푸른빛과 멸치
떼의 은빛이 한데 어우러지면서 연출되는 장관의 바다처
럼 보인다는 것이다. 이 몽환적 장관이 한층 아름다운 것

은 멸치 떼가 "툭툭/어깨 스치"는 촉각과, "'멜 들었저' 귀띔해주던" 시각이 공감각의 정동(情動)으로 재현되고 있다는 점이다. 이렇게 시적 화자의 유년 시절의 마당 가득 유영하던 잠자리 떼는 제주의 생태지역성을 바탕으로 하늘과 바다가 절로 융화되면서, 시적 화자에게만 고유한 유년 시절의 아름다운 풍경과 추억으로 남아 있다. 시집의 마지막 장을 덮고 난 후 다시 들춰보고 싶은 수작(秀作)이 아닐 수 없다.

「멜잠자리」가 시인의 공감각적 시적 재현을 통해 유년 시절의 아름다움을 재발견하고 있다면, "덜 익은 떫떠름한 맛에/퉤퉤거리며/조밥을 주워 먹었"고(「조밥나무」), "동백나무 열매가 땡볕에/빤질빤질/초콜릿 빛으로/침샘을 자극하며/익어가고 있"던 유년 시절을 떠올리고(「동백 열매」), "옥수수, 쌀, 떡, 누룽지 뭐든지/펑펑 부풀려준" "뻥튀기"를 "쌀쌀한 겨울바람에/콩 볶듯이 내리던 싸락눈/한 움큼 집어 먹"(「싸락눈을 녹이며」)던 유년 시절의 아름다움이 미각으로 생생히 다시 살아나곤 한다. 이 추억의 미각은 제주의 해안도로 둘레길을 거닐다가 "한치 물회 대신/제주한치빵을 먹고" "그저 걸을 수 있으매/감사할 뿐"(「추억의 한치빵」)이라는, 소박하고 아름다운 마음을 갖도록 한다. 추억의 미각은 그러므로 시적 화자로 하여금 유년 시절의 아름다움을 재발견하는 데 만족하지 않고, 지금-여기를 살고 있는 시적 화자에게 삶의 근원적 성찰의 힘마저 북돋우고 있다.

그리하여 이 힘은 「조개송편 같은 친구」에서는 시적 화자로 하여금 한라산을 경계로 산다는 것을 핑계 삼아 오랫동안 소원했던, 고향으로 귀환한 유년 시절의 정든 친구를 만나는 결심에 이르도록 한다. 이 결심을 추동시킨 것은 바로 "고구마 소를 넣어/달콤해서 더 맛있던" "조개송편"의 맛이 지닌 미각과 연루된 소중한 우정이다. 그러니까 시적 화자는 유년 시절 '조개송편'의 미각이 되살아나면서 그동안 고향으로 귀환한 친구에게 무심했던 자신에 대한 반성적 성찰을 하고 있듯, 김순선 시인이 유년 시절의 아름답고 소중한 기억을 떠올리면서 삶의 근원적 성찰의 힘을 회복하고 있는 것은 이번 시집이 거두고 있는 값진 시적 성취로서 손색이 없다.

조만간
한라산을 넘어야겠다
조개송편 같은 친구
만나러
- 「조개송편 같은 친구」 부분

  시집의 마지막 장을 덮으며, 우리도 "조만간" 각자 유년 시절의 맛난 음식의 기억 속에서 그동안 소원했던 정든 친구를 만나기 위해 서로의 삶의 경계를 훠이훠이 넘어야겠다.

사람 냄새 그리워

2023년 4월 15일 초판 1쇄 발행

지은이   김순선
펴낸이   김영훈
편집   김지희
디자인   부건영
편집부   김영훈, 이은아, 강은미
펴낸곳   한그루
           제주특별자치도 제주시 복지로1길 21
           전화 064-723-7580   전송 064-753-7580
           전자우편 onetreebook@daum.net 누리방 onetreebook.com

ISBN 979-11-6867-091-4 (03810)

이 책은 제주특별자치도와 제주문화예술재단의 2023년도 문화예술지원사업의
후원을 받아 발간되었습니다.

값 10,000원